دار جامعة حمد بن خليفة للنشر
صندوق بريد 5825
الدوحة، دولة قطر

www.hbkupress.com

الطبعة العربية الأولى عام 2021

الترقيم الدولي: 9789927155222

تمت الطباعة في الدوحة-قطر.

مكتبة قطر الوطنية بيانات الفهرسة – أثناء – النشر (فان)

الفخرو، عبد الله، مؤلف.

التاجر الغريب / تأليف عبد الله الفخرو ؛ رسوم علي الزيني. الطبعة العربية الأولى. - الدوحة : دار جامعة حمد بن خليفة للنشر، 2021.

صفحة ؛ سم
تدمك: 978-992-715-522-2

1. الطمع -- قصص للأطفال. 2. قصص الأطفال العربية. أ. الزيني، علي، رسام. ب. العنوان.

PZ10.731. F35 2021

892.737– dc23

202128263030

التاجر الغريب

تأليف: عبد الله الفخرو رسوم: علي الزيني

دار جامعة حمد بن خليفة للنشر
HAMAD BIN KHALIFA UNIVERSITY PRESS

عَلى إِحدَى ضِفافِ الخليجِ، كانتْ هُناكَ قريةٌ صغيرةٌ، يعيشُ أهلُها الطيِّبونَ مع التجارِ والباعةِ في أمنٍ وسلامٍ. وكانَ أهلُ المناطقِ منْ حولِها يأْتونَ باستِمرارٍ لِشراءِ البضائعِ المُتنوِّعةِ، التي كان يجلِبُها هؤلاءِ التجارُ من أماكِنَ مُختلِفةٍ.

كانتْ غِلالُ التمْرِ الفاخِرِ، والملابِسُ الحريريةُ الملوَّنةُ، وكلُّ ما لذَّ وطابَ من فواكِهَ وغِذاءٍ يملأُ السوقَ الصغيرَ. لقد كانَ سوقًا مُميزًا بِوجودِ تُجارٍ منْ كلِّ حدْبٍ وصوْبٍ.

بعدَ مرورِ عدةِ أشهُرٍ، توَقّفَتِ البضائِعُ عنِ الوصولِ إلى السواحِلِ.

وَتناقلَ السُّكانُ الأحاديثَ عنْ أنّ المراكِبَ توقّفتْ عنِ الإبْحارِ في مياهِ الخليجِ.

لمْ يسْتطِعِ التُّجّارُ شحْنَ بضائِعِهم كالمُعْتادِ، منَ الهندِ وإيرانَ والمناطِقِ القريبةِ.

صارتِ البضائعُ والحاجِياتُ تقِلُّ شيئًا فشيئًا حتى خلتِ السُّوق منْها تمامًا.

أُفرغَتِ الدكاكينُ والمحالُّ منْ مُحْتوياتِهَا، ولمْ يعُدْ لدَى التُّجّارِ ما يبيعونَهُ للناسِ؛

فاضطرُّوا إلى إغْلاقِ متاجِرِهم ومُغادَرةِ ضِفافِ الخليجِ، بحْثًا عنْ مصادِرِ رزقٍ بعيدةٍ عنها.

شحَّ الطعامُ، وصارَ وجودُهُ نادِرًا. ولمْ يبْقَ أمامَ السُّكانِ سِوَى اصطِيادِ الأسْماكِ.

لكنَّ خيراتِ البحْرِ في تِلكَ الفتْرةِ قلَّتْ هي أيضًا، ولمْ تعُدْ شِباكُ الصيادينَ تحْمِلُ ما يكْفِي لإطعامِ الجميعِ.

صارَ الأهالِي يترقَّبونَ وفودَ أهلِ الباديةِ منْ جِهةِ البرِّ، آملينَ أنْ تحمِلَ قوافِلُهُم التمرَ والأقْمِشةَ الصوفِيةَ. لكنَّ انتِظارَهُم طالَ كثيرًا، وما عادُوا يسْمعُونَ عنْ أيةِ قوافلَ تدْخلُ الأسْواقَ البائِسةَ.

ذاتَ يومٍ، سمِعَ السُّكانُ عنْ وصولِ قافلةٍ منَ الجِمالِ.

شَعرُوا بِالفرحِ لأنَّها كانتْ مُحمَّلةً بِأنواعِ التمْرِ والفواكِهِ المُجفَّفةِ، وبأطْعِمةٍ وبضائعَ كثيرةٍ ومتنوعةٍ، لمْ يرَوْا مثلَها منذُ مدةٍ طويلةٍ.

كانَ صاحبُ القافِلةِ غريبًا في شكْلِهِ وهيْئتِهِ.
كانَ يضعُ عمامةً حمراءَ على رأسِهِ تتميَّزُ بالضخامةِ.

واخْتارَ التَّاجِرُ الغريبُ وضْعَ بِضاعتِهِ قُربَ عيْنِ الماءِ، والتي كانتْ مصْدرَ الشُّربِ الوحيدِ للسكانِ.

اعتقدَ بعضُ الناسِ أنَّهُ تاجِرٌ ذكِيٌّ، لِأنَّهُ أحسنَ اختيارَ المكانِ الذِي يرتادُهُ جميعُ الأهالِي.

وأشاعَ بعضُهم الآخرُ أنَّهُ لمْ يفْتَحْ دُكّانًا، كيْ يتهرَّبَ منْ دفعِ الضَّريبةِ.

تفاجَأَ السُّكانُ بارْتِفاعِ أسعارِ بَضائِعِهِ، ولمْ يتمكَّنوا منْ شِراءِ الطعامِ.

خابَ أملُهُم في التاجِرِ الغريبِ، الذي أصرَّ على فَرْضِ أسْعارٍ مُضاعفةٍ عليْهم.

كانَ الناسُ يعيشونَ في شُحٍّ، فقد قلَّ مالُهُم كثيرًا، ولمْ يعُدِ الشَّبابُ يجِدونَ عمَلًا.

جثَمَتْ مراكِبُ الغوْصِ على الشَّاطِئِ، وصارتْ في حالةٍ يُرْثى لهَا، لِأَنَّ تجْهيزَها لِلإبْحارِ مُكلِّفٌ لِلغايةِ.

ومعَ قِلَّةِ الغِذاءِ، بدأتِ الأمْراضُ تنتشِرُ بيْنَ الأطفالِ وكبارِ السِّنِّ.
وراحَ السُّكانُ يهْجُرونَ الضِّفافَ إلى أماكنَ أُخْرى.

اجْتمَعَ الرِّجالُ بِكبيرِ التُّجّارِ ويُدْعَى عبدَ الرزّاقِ، وكانَ معْروفًا بِأمانتِهِ وصِدْقِهِ.

لمْ يرفعْ عبدُ الرزّاقِ أسعارَ بضائِعِهِ رغم نقصِهَا، بل استمرَّ في بيْعِ الأغْذيةِ بسِعْرِها المُعتادِ، وكانَ في بعضِ الأحيانِ يتصدَّقُ بِها على مَنْ لا يستطيعُ دفعَ ثمنِهَا.

طلَبوا منهُ أنْ يسْعَى لِمَعرفةِ مصدرِ بضائِعِ التاجِرِ الغريبِ، أوْ يَشْترِيَ الحاجاتِ الضرُوريةَ منْهُ، ويبيعَهَا لهُم بسعرٍ معقولٍ.

لكنَّ التاجرَ الغريبَ رفضَ تقديمَ المُساعدةِ، واحْتكرَ السوقَ وحْدَه، واستمرَّ في فرضِ أعْلى الأسعارِ.

ازدادَ الوضعُ سوءًا، حتى صارَ السُّكانُ يأكُلونَ أوْراقَ الشَّجرِ.

وكانُوا يدْعونَ اللهَ أنْ يُنقِذَهُم مِنَ الموْتِ جوعًا.

باعَ الأهَالي كلَّ ما يملِكونَ مِن ذهبٍ وحُلِيٍّ وأدواتٍ، كيْ يشْترُوا الطَّعامَ لِأنفسهم ولِأطْفالِهِم، ويسُدُّوا رمقَهُم بعدَ انتِشارِ الجُوعِ الشَّديدِ بيْنَهُم.

فشِلتِ المُحاولاتُ المُتكرِّرَةُ لإقْناعِ التاجرِ بخفْضِ أسْعارِهِ.

كانَ الفُقراءُ والأطفالُ يتَجمَّعونَ حوْلَ البِضاعةِ، لكنَّ التاجرَ الطمَّاعَ لمْ يُبالِ بِجوعِهِم.

وراحَ يُهدِّدُ مَنْ يقترِبُ مِنْ بِضاعتِهِ ولا يمْلِكُ المالَ، ويتوعَّدُ باسْتِخدامِ القوَّةِ ضدَّ مَنْ يُحاولُ سرِقتَهَا.

اسْتغْربَ الأهالِي كيْفَ كانتِ البضاعةُ تزْدادُ يومًا بعدَ يومٍ.

انتشَرَتِ الشائِعاتُ عنْ قوافِلَ تمدُّهُ بالبضائِعِ ليْلًا. وراحَ بعضُ الناسِ يتهامَسُونَ بِأنَّ التاجرَ الغريبَ يملكُ قوةً عجيبةً ويطيرُ في اللَّيلِ بعيدًا، ويعودُ بِسُرعةٍ خارِقةٍ حامِلًا معهُ بضائعَ بكميَّاتٍ كبيرةٍ.

ذاتَ ليْلةٍ، سمِعَ السُّكانُ أصْواتًا غريبةً اخْتلطَ فيها الضَّجيجُ بِالصُّراخِ، ولمْ يعْرِفوا مصْدرَها.

وعِندَ الصَّباحِ، رَأى الجميعُ حُفْرةً ضخْمةً قدِ ابْتلعَتِ التاجِرَ الغريبَ معَ بِضاعتِهِ.

هلْ خُسِفَتْ به الأرْضُ تلْبيةً لأدْعِيةِ العجَائزِ والجائِعينَ؟!

تجمّعَ الناسُ حوْلَ الحُفْرةِ، وارتسمَتْ على وُجوهِهِم علاماتُ الدَّهشةِ والاسْتِغْرابِ.

راحَ التاجرُ يسْتغيثُ بهِمْ، ويرْجوهُمْ كيْ يَسحَبوهُ بِحبلٍ منْ تِلكَ الحُفْرةِ العميقةِ.

لمْ يرْغبْ أحدٌ في مُساعدتهِ، فقدْ عانُوا كثيرًا منْ رفْضِهِ بَيْعَ الطعامِ لهُم بأسْعارٍ مُناسِبةٍ، واكتفائهِ بِبيْعِه للأغنياءِ فقط.

بقِيَ التاجِرُ في الحُفْرةِ طويلًا، إلى أنْ شارَفَ على الهلاكِ.

كانَ الطَّعامُ وفيرًا فيها، لكِنَّهُ لمْ يكُنْ لديْهِ الماءُ لِيرْوِيَ عطَشَهُ.

في البِدايةِ، لمْ يَلْقَ صُراخُهُ وبُكاؤهُ آذانًا صاغِيةً.

ثُم قرَّرَ التاجِرُ عبدُ الرزّاقِ ورجالُ القريةِ مُساعدتَهُ، فأخْلاقُهُم لا تسْمحُ لهُم بِتركِهِ يموتُ في الحُفْرَةِ.

اقْترحَ بعْضُهُمْ أنْ يُساوِموهُ على البِضاعةِ مُقابِلَ مُساعدتِهِمْ لهُ؛
في حينِ رفضَ آخرونَ المُساومةَ، رغْبةً منهُمْ في كسْبِ الأجْرِ منَ اللهِ.

عجَزَ التاجِرُ الغريبُ عنِ الكلامِ منْ شِدَّةِ الخجلِ والإِحْراجِ، بعدَ إقدامِ الأهالِي على إنْقاذِهِ.

وراحَ ينْظُرُ باندِهاشٍ في عيونِ الذينَ شارَكُوا في سحْبِهِ منَ الحُفْرةِ السَّحيقةِ.

صارَ لسُكانِ القريةِ الفضلُ عليهِ، بعدَ انْتِشالِهِ منَ المَوْتِ المُحتَّمِ. ولِذلكَ انشغلَ بِالتفكيرِ بِحالِهِ وبمصيرِهِ بعدَ أنْ تُرِكَ وحيدًا.

في اليومِ التالِي، لمْ يرَ الأهالِي أثرًا لِلتاجِرِ الغريبِ. بحَثوا عنهُ في كلِّ مكانٍ ولمْ يجِدُوه.

ظنَّ بعضُهُمْ أنَّهُ سقطَ مُجدَّدًا في الحُفْرةِ، ورجَّحَ بعضُهم الآخرُ أنَّهُ عادَ إلى بِلادِهِ، ومِنهُم مَنْ ردَّدَ بأنَّهُ طارَ بعيدًا. لكنَّهُم جميعًا أُصيبوا بِالدهشَةِ حينَ وجدُوا رِسالةً كُتِبَ عليْها "هذهِ البِضاعةُ لكُمْ أيُّها الأهالِي".

وَجَدُوا كَمياتٍ كبيرةً منَ التمرِ والأطْعِمَةِ، وراحَ عبدُ الرزّاقِ يُوزعُها بالعدْلِ علَى الجميعِ.

سدَّ الناسُ جوعَهُم، ومَلؤوا بُيوتَهُمْ بِالطعامِ. ولمْ يعْرِفُوا عنِ التاجرِ ذي العمَامةِ الحمْراءِ شيئًا بعدَ ذلكَ.

هذه البضاعة
لكم
أيُّها الأهالي

سنواتُ العُسرِ (1930-1936)

عانَى أهالِي المناطِقِ الواقِعةِ عِندَ ضِفافِ الخليجِ أَثْناءَ تلكَ السنواتِ الصَّعبةِ، واضْطُرَّ عددٌ كبيرٌ منْهم إلى هجْرةِ تِلكَ المناطِقِ.

كانَ أغلبُ سُكانِها يعتمِدُونَ على تِجارةِ اللُّؤْلؤِ؛ لكنَّ التِّجارَةَ كَسَدَتْ بسببِ إنتاجِ اليابانِ لِلُّؤْلُؤِ الزِّراعيِّ، وبيْعِهِ بِأسعارٍ رخيصَةٍ.

في تلكَ السنواتِ أيضًا، بدأَ الكسادُ الاقتِصاديُّ الكبيرُ، ، وتعرْقلتْ حركةُ المراكِبِ والسُّفُنِ في عرْضِ البحرِ، بلْ صارتْ ممْنوعةً في أغْلبِ الأوْقاتِ.

تأثَّرَ السكانُ كثيرًا بِتعطُّلِ التِّجارةِ وتوقُّفِهَا، فقدْ كانوا يعْتمِدُونَ على اسْتيرادِ الأغْذِيةِ منَ الخارِجِ.

كانتْ فترةً صعبةً جدًّا، ولكِنَّها مَرَّتْ.